Mark Sarg

Der Papst als Turteltaube

AF549392

Mark Sarg

Der Papst als Turteltaube

Bizarre Kurzgeschichten

Goldene Rakete Verlag für Belletristik

Imprint
Any brand names and product names mentioned in this book are subject to trademark, brand or patent protection and are trademarks or registered trademarks of their respective holders. The use of brand names, product names, common names, trade names, product descriptions etc. even without a particular marking in this work is in no way to be construed to mean that such names may be regarded as unrestricted in respect of trademark and brand protection legislation and could thus be used by anyone.

Cover image: www.ingimage.com

Publisher:
Goldene Rakete Verlag für Belletristik
is a trademark of
International Book Market Service Ltd., member of OmniScriptum Publishing Group
17 Meldrum Street, Beau Bassin 71504, Mauritius

Printed at: see last page
ISBN: 978-620-2-44515-3

Copyright © Mark Sarg
Copyright © 2019 International Book Market Service Ltd., member of OmniScriptum Publishing Group

INHALTSVERZEICHNIS

DER URMEISTER ALLER PROPHETEN

Als „***Urmeister*** aller Propheten" wird heute noch Monsignore Vincenzo Dampfbartl von der erlauchten Bruderschaft verehrt – die nur zu gut mit den **Schwierigkeiten** bei der Verifizierung von Weissagungen aller Art vertraut ist.

Dem entgegen hatte ***er*** sich über Jahre hin nicht gescheut, klare öffentliche Voraussagen vor allem bezüglich ***einer*** Vision zu treffen, die ihn zeitlebens heimsuchte und ihn stets ***selber*** zeigte – auf der ***Toten***bahre.

Und man glaubt es kaum: Seine mutige Prognose ging zu **1 0 0 %** in Erfüllung!

DER WIEDERHOLTE BANKROTT

Mit ihrem Luxusbegräbnis, welches ihr eine „allerletzte Freude und Genugtuung“ bieten sollte, hatte sich Amtsrätin Clarissa Wedelmeister derart übernommen, dass sie hinterher schlicht bankrott war.

„Gut, dass man nur ***ein***mal stirbt!“, seufzte sie zufrieden und erleichtert, als alles, bestens gelungen, vorbei war.

Doch hier ***irrte*** die Gute gewaltig – wie sie spätestens bei ihrem **nächsten** Bankrott feststellen musste ...

DIE RETTUNG DES CHRISTENTUMS

Um den ständig steigenden Kirchenaustritten endlich **wirksam** zu begegnen, setzte Papst Rizinus I. zur Rettung des Christentums einen mutigen und ungewöhnlichen Schritt: Er jagte Pfarrer, Bischöfe und Kardinäle zum Teufel – und lud ***diesen*** dafür ein, weitreichende Reformen in die Wege zu leiten.

Der folgte dem Rufe mit frohem Gemüt – und bald schon durchwogte eine blühende Renaissance den Klerus. Er führte Inquisition und Scheiterhaufen wieder ein, damit die ***wahren*** Gläubigen sich vor den Ketzern endlich sicher fühlten, und schrieb die Bibel einmal ***mehr*** um – worin er ohnehin schon höchst versiert war. Und in allen wichtigen Positionen, hinab bis in die Beichtstühle, befanden sich Leute seines Vertrauens, versteht sich.

Dass am Ende der Papst **selber** sich dem Teufel opfern musste – um ihm sein Amt ***formal*** zu übertragen, war für ihn als aufrechten Christen nur selbstverständliche Märtyrerpflicht.

Da gegenwärtig die Austritte wieder zunehmen, kann eine ***neuerliche*** Rettung keinesfalls ausgeschlossen werden ...

DIE HÖLLISCHE KREATUR

Eine höllische Kreatur begehrte überraschend Einlass im Himmel.

Da schließlich auch sie ein Geschöpf Gottes war, nahm man sie, wenn auch widerstrebend und mit Vorbehalt zwar auf – schickte sie aber bald, zwecks **weiterer** Läuterung, hinab auf die Erde.

Und zwar als **Staatsoberhaupt** (einer teuflischen Nation).

DAS UNRASIERTE GESCHÖPF ODER

DAS BISCHÖFLICHE VERGNÜGEN

Ein unrasiertes Geschöpf rieb seine Bartstoppeln kräftigst mit Bienenhonig ein – ehe es sich zur Privataudienz bei Erzbischof Adrian Hudelmayer begab. Der liebte Honig über alles, und leckte es nun gierig und voll Wonne ab – nachdem er es zuvor hinreichend gesegnet hatte.

Wichtig war nur, dass das Geschöpf ***un***rasiert war, denn so kitzelte es mehr – und beide hatten ein wahrhaft ***bischöfliches*** Vergnügen.

Und als kleine Draufgabe wurde ihm dann noch die ***General***absolution bis zum nächsten Besuche zuteil ...

DAS EDELHERBE GESCHÖPF

Ein edelherbes Geschöpf ließ sich in einer Kaffeerösterei verarbeiten, um seine unvergleichliche Note in eine neue Mischung einzubringen.

Was es davon hatte? Es war in aller (Kaffeeliebhaber) Munde – für einige Zeit wenigstens.

Doch länger wollte es dies auch gar nicht ...

DIE DARMSTÄDTER KREATUREN

Eine Darmstädter Kreatur weilte im Vatikan, um im Namen der heimischen Mitgeschöpfe Papst Nudelsack den Großen höflichst nach Darmstadt zu bitten. Statt zu akzeptieren belegte er sie augenblicklich mit dem Kirchenbann.

Denn da er **prinzipiell** keine Reise dorthin unternahm, betrachtete er ihr Ansinnen als „Beweis frevelhafter Unwissenheit“. Wobei über den **Grund** seiner Verweigerung freilich immer nur hinter vorgehaltener Hand spekuliert wurde.

Die Darmstädter Kreaturen sind jedenfalls **allesamt** seither nicht gut auf den Heiligen Stuhl zu sprechen!

DAS ENDE DER MONOTONIE

Ein monotones Geschöpf mit violettem Kinn, rosa Augen und grünen Ohren wollte endlich etwas Farbe in sein Leben bringen und verschluckte gierig einen ganzen Eimer hievon.

„Auch nicht übel!“, staunte es, als es deswegen in einer **anderen** Welt wieder erwachte. „Und Farbe brauche ich hier ***auch*** keine mehr ...“

„MEINE ZUKÜNFTIGE LEICHE“

In schwärmerischer Begeisterung stellte Signorina Adelaida Kegelblatt ihren Zukünftigen, Giorgio Nimmersatt, jedem als „meine zukünftige Leiche“ vor.

Denn damit beabsichtigte sie zum Ausdruck zu bringen, dass sie einander beide über den Tod hinaus treu bleiben und auch dann noch Seite an Seite liegen würden.

Nicht nur in Bezug auf seine ***Treue*** war sie freilich ein wenig ***vor***eilig gewesen – machte sie ihn doch, um sein Vergehen wieder „auszugleichen“, schon weit ***vor*** der Zeit zur Leiche ...

DAS BARTLOSE GESCHÖPF

Ein bartloses Geschöpf geriet über seinen Zustand in solche Desperation, dass es auf den Kirchturm kletterte, ihn abbiss und ins Ausland verhökerte.

Vom Erlös legte es sich einen prachtvollen violetten Vollbart zu – hinter dem es künftig die Verzweiflung darüber, dass es nicht sein eigener war, fast zur Gänze verbarg.

DIE MERKWÜRDIGE ERSCHEINUNG

Madame Arlette Wandervogel hatte sich eben zu Bett begeben, als sich eine merkwürdige Erscheinung über sie beugte. Mit vor Schreck geweiteten Augen und offenem Mund starrte sie sie an – da nahm die Erscheinung eine lange, spitze Feder von ihrem Hut und begann sie damit überall zu kitzeln, bis sie aus vollem Halse lachte.

„Sehen Sie, es ist alles nur eine Frage der ***Gewöhnung***, Madame!", versicherte sie ihr, gab ihr noch einen Gutenachtkuss und verschwand.

DER STAATLICHE REGENWURM

Ein stattlicher Regenwurm hatte die wundersame Gabe, seine Artgenossen zu hypnotisieren. Doch da ihm dies nicht das Geringste eintrug, dehnte er sein Talent bald auch auf Menschen aus.

Unter dem werbeträchtigen Berufsnamen „Monsieur Isidor Bartschlüpfer" eröffnete er eine elegante Praxis in einer noblen Gegend – die im Nu von Patienten und Klienten nur so überquoll. Und binnen kurzem mehrte sich sein Ansehen so gewaltig, dass ihn Kunden aus aller Welt zu Spitzenhonoraren konsultierten.

Als er auf dem Höhepunkte seines Ruhmes wieder ins Erdreich „hinüber"-wechselte, hinterließ er als überzeugter Junggeselle sein gigantisches Vermögen dem Staate, der ihn dafür posthum nicht nur zum „***Staatlichen*** Regenwurm", sondern auch zum Professor für Hypnose mit ***Lehr***befugnis ernannte – von der er allerdings noch keinen Gebrauch machte.

Bedauerlicherweise – denn einen adäquaten Nachfolger sucht man bis heute vergeblich!

DER KARRIERESPRUNG

Eine Leiche hatte es gründlich satt, immer nur im Sarg herumzuliegen. Sie „lieh“ sich von einem Friedhofsbesucher dessen Kopftuch sowie von einer Besucherin die geräumige Einkaufstasche – und unternahm einen Ausflug ins teuerste Kaufhaus der Stadt.

Da sie dort aber weder bezahlen noch sich ausweisen konnte, landete sie in einer Gefängniszelle.

„Hier steht mir entschieden ***mehr*** Platz zur Verfügung als zuletzt!“, urteilte sie befriedigt, und entschloss sich, zur Festigung ihres „Karrieresprungs“ auch nach der Freilassung künftig nur noch ***ohne*** Geld „einzukaufen“.

DIE PROPHYLAKTISCHE DANKSAGUNG

Reverend Fridolin Weihbart war so dankbar für alles und jedes, das ihm widerfuhr – und vor allem noch **bevorstand** –, dass er sich unaufhörlich in aller Form bedankte.

Bei **jedem** und **überall** – quasi „prophylaktisch".

Und als ihn der ***Tod*** endlich erlöste von alledem, bedankte er sich bei ihm auch noch **nachträglich** ganz ***besonders*** herzlich und überschwänglich hierfür.

DER GOURMAND UND DIE BLANCHIERTE LEICHE

Bis zuletzt unfreiwillig ledig, hatte sich Demoiselle Florence Rübenhupfer einen allerletzten, trotzigen Versuch für ihr **Testament** aufgespart, um vielleicht doch noch eine Verbindung einzugehen.

Gegen Übertragung ihrer gesamten Barschaft war der angesehene Chefkoch eines Vier-Sterne-Restaurants, Maître Alphonse Wasserhecht, damit betraut, sie nach dem Tode möglichst fachgerecht zu blanchieren, zuzubereiten und mit beliebigen Beilagen der Nouvelle Cuisine zu garnieren. So hoffte sie, von einem **Gourmet** wenigstens noch entdeckt und begehrt zu werden.

Der Einzige, der sich ihrer aber letztlich annahm, war Baron Gustave Fleischvogel – ein notorischer ***Gourmand***.

Und der hätte sie auch völlig unblanchiert und ungarniert verschlungen!

DIE GEBURT DER FEE DRAGÉE

Bei einer Schlittenfahrt fand eine lila Fee
eine rosa Prinzessin, erfroren im Schnee.

Verzückt rief sie: „**Herrjemine**!" –
und fertigte daraus die **Fee Dragée**.

DAS MODERNE GESCHÖPF

Ein modernes Geschöpf ging nackt auf die Straße. Da man nicht wusste, dass es modern war, wurde es sofort eingefangen und ohne weitere Befragung hingerichtet.

Im **modernen** Strafvollzug wäre es vermutlich mit ein paar Jahren Isolierhaft davongekommen ...

DER DACHVERBAND DER LEICHEN UND UNTOTEN

Schon zu Lebzeiten Reporterin aus Leidenschaft, gedachte Miss Riccarda Waldfloh ihren Beruf auch **danach** – auf etwas „pikantere" Weise – fortzuführen.

Ständig war sie auf den wichtigsten Friedhöfen des Landes unterirdisch mit ihrer Kamera unterwegs, um allerlei Sehenswürdigkeiten – insbesondere natürlich Artgenossinnen in äußerst delikaten oder verfänglichen Situationen – durch meisterhafte Schnappschüsse zu „verewigen". Die Bilder landeten dann unverzüglich bei der Boulevardpresse, die damit regelmäßig, unter Hinzufügung hämischer Kommentare, die Klatschspalten füllte.

Zum Leidwesen der verwöhnten Abonnenten fand die aufregende Berichterstattung ein jähes Ende, als der höchst einflussreiche, mitgliederstarke „Dachverband der Leichen und Untoten" auf Unterlassung wegen Verletzung der Intimsphäre klagte und vom Obersten Gerichtshof, dessen Präsident selbst dem Verband angehörte, voll und ganz recht bekam.

Seither knipst Miss Waldfloh vorzugsweise Politiker und Diplomaten auf Nacktbadestränden. Doch was vordem garantiert noch für Aufsehen gesorgt hätte, lockt ***nun*** niemanden mehr hinter dem Ofen hervor ...

DER KORFUEUR

Neben seinen leidenschaftlichen Besuchen beim Coiffeur,
war Lord Percy Schmerbauch auch überzeugter ***Korfu***eur.

Er reiste nämlich regelmäßig nach Korfu,
denn dort gab es den exzellentesten Tofu!

Und über Wunsch noch Schlagsahne dazu!

DIE ENTARTETE KUH

Eine Kuh war so entartet, dass sie nicht einmal ***wusste***, dass sie eine Kuh war.

Sie bewegte sich in den höchsten Kreisen der Gesellschaft, ging beim Staatspräsidenten ein und aus, und kein kulturelles Ereignis von Rang durfte ***ohne*** ihre Anwesenheit stattfinden.

Das wirklich **Merkwürdige** aber war, dass auch die meisten ihrer Zeitgenossen entartet genug waren, nicht zu merken, dass sie eine Kuh war.

Sie ***buhlten*** um ihre Aufmerksamkeit, küssten ihr die „Hände" – und übersäten sie gar mit ***Heiratsanträgen***!

DIE UNLAUTERE KREATUR

Mit großem Erfolg warb eine Kreatur in Stöckelschuhen für exquisite Damenstrümpfe, obwohl sie gar keine Beine hatte – was ihr eine Verurteilung wegen unlauteren Wettbewerbs eintrug.

Mit noch größerem Erfolg machte sie nun Reklame für elegante Samthandschuhe, obwohl sie keine Hände hatte – und zog sich neuerlich das gleiche Urteil zu.

Mit dem allergrößten Erfolg kurbelte sie dann den Verkauf von Papiertaschentüchern an, obwohl bzw. ***weil*** sie keine Nase hatte – und das Urteil ließ prompt nicht auf sich warten.

Mit beispiellosem, ***triumphalem*** Erfolg zog die Kreatur aber jetzt für die ***Politik*** ins Feld, obwohl sie gar kein Hirn hatte.

Doch wurde sie dafür **nicht** mehr verurteilt – sondern ***gewählt*** stattdessen, zum ***Staatspräsidenten***.

Und das, obwohl sie bereits **drei Mal** vorbestraft war!

DIE LEBENDIGE KREATUR

Eine Kreatur war so lebendig, dass sie nicht einmal bei ihrer Beerdigung stillhalten wollte.

Kurz nach der Einsegnung überlegte sie es sich doch noch einmal anders, kam wieder hoch – und kroch dem Geistlichen, Ehrwürden Wladimiro Damenbart, der sie mit seiner feierlichen Ansprache überaus für sich eingenommen hatte, unter den Talar – um sich als „Lohn“ mit ihm zu einen.

Auch wenn sie den Bund dann ihres Temperamentes wegen ohnehin sehr rasch wieder beendete – ihr „Gemahl“ hält seither ***keine*** Grabreden mehr.

Und schon gar keine ***vor***eiligen ...

DAS GASTRONOMISCHE GESCHÖPF

Ein gastronomisches Geschöpf ließ sich in einem Feinschmeckertempel drei Flaschen Luxussekt kredenzen und leerte sie in drei Zügen.

Statt zu zahlen, ließ es sodann den Maître de Cuisine antreten – und schlang auch ihn hinunter, in ***einem Satz***.

Daraus folgerte man, dass es wohl schwerlich ein ***Gourmet*** sein konnte – und wies ihm verächtlich die Tür.

DAS PARISER GESCHÖPF

Ein Pariser Geschöpf weilte in London. Während einer Bootsfahrt auf der Themse geriet es ins Grübeln und bald ins Schwärmen, ob es hier nicht vielleicht ***besser*** aufgehoben sei.

Und sprang nach reiflicher Überlegung in den Fluss – den es nur noch **einmal** verlassen sollte.

Um seinen Pariser ***Sarg*** möglichst ertragreich zu veräußern.

DER SARGDRINK UND DIE ÜBERRASCHUNGSLEICHE

Zum „Partyhit der Saison“ war im Nu eine Idee von Monsieur Fabius Springlaus, dem rührigen Pariser Nachtclubbesitzer, avanciert.

Jeweils fünf nach bestimmten Regeln Auserwählte durften auf einem Sarge Platz nehmen und bekamen einen speziellen „Sargdrink“ serviert.

Und wer diesen als Erster gekippt hatte, durfte feierlich den Sarg öffnen – um anschließend mit der ihm gänzlich unbekannten „Überraschungsleiche“ die Nacht darin zu verbringen.

Wem übrigens seine „Gastgeberin“ dann nicht gefiel, der hatte großes Pech – denn die Nacht mit ihr war unabdingbare „**Ehrenpflicht**“ ...

DAS GARSTIGE GESCHÖPF

Ein garstiges Geschöpf schlürfte in einem Nobelrestaurant eine Karaffe Rotwein leer und schnäuzte sich danach so kräftig, dass sämtliche Gläser zersprangen und alle Gäste von den Stühlen fielen.

Als es der Inhaber höflich des Lokals verwies, schnäuzte es sich ein weiteres Mal – diesmal aber ***so*** gewaltig, dass das Etablissement über allen **zusammenbrach**.

Lediglich das Geschöpf kroch als Einziger unbeschadet unter den Trümmern hervor – und trat, munter und erquickt, die Heimreise auf den Mond an ...

DAS FRANZÖSISCHE GESCHÖPF

Ein französisches Geschöpf erwachte eines Morgens erschrocken auf der Guillotine.

Da fiel ihm gottlob wieder ein, dass es als Scharfrichter zur Zeit der Revolution lebte – und wegen chronischer Überlastung aus Übermüdung eingeschlafen war.

Erfrischt und gestärkt freute es sich auf seinen nächsten Delinquenten – bis es sehr bald ***selbst*** einer ward ...

DIE MAKELLOSE KREATUR

Eine Kreatur von hoher Abstammung besaß solch **prachtvolles** lila Haar am ganzen Körper, solch eine **betörend** violette Zunge in ihrem mächtigen rosa Schnabel, ein solch **herrlich** silbrig-grünes Antlitz, solch **funkelnd** schwarze Krallen an ihren spitzen Fingern und insgesamt eine so makellose, vollendete Gestalt, dass man sie schon wirklich nicht mehr als ***diesseitig*** bezeichnen konnte.

Man verehrte sie als **Gottheit** – der man, falls sie dies wünschte, ohne zu zögern sogar die eigene **Schwiegermutter** zum Opfer brachte!

DIE UNHEIMLICHE NONNE

Eine Nonne wurde des Öftern nachts gesichtet,
wie sie, den Blick starr zum Himmel gerichtet,
im tiefsten Walde von einer Baumspitze zur nächsten sprang
und dabei mit Grabesstimme die unheimlichsten Arien sang.

Doch zu erfahren, was sie dann ***noch*** alles tat – aus heimlicher Liebe,
wäre ***so*** unheimlich gar, dass es einen glatt in die ***Umnachtung*** triebe!

DIE MACHT DES VORURTEILS

Eine Leiche war viel ***besser*** als ihr Leumund: Meist schlief sie brav in ihrem Sarge, ging selten bis nie aus und führte einen ausgesprochen soliden Lebens- bzw. Todeswandel.

Auch tat sie keiner Fliege oder Made etwas zuleide und heckte keine wie immer gearteten Streiche aus. Selbst beim Einkaufe drängte sie sich kaum jemals vor – und politisch bekleidete sie **überhaupt** kein Amt.

Woher dann also nur ihr schlechter Ruf? Der lag ganz simpel in dem bloßen **Vorurteile**, das man ihresgleichen entgegenbringt!

DIE UNHEILIGE WANDLUNG

Ein niedliches Männchen in seltsamem Gewande verteilte vor der Kathedrale von Trauthausen exquisite Bonbons aus einem Koffer, sodass es von den Leuten für einen „getarnten Heiligen“ gehalten und ehrfürchtig umringt wurde.

Da aber das Hochamt längst beginnen sollte, erschien erregt Bischof Vitus Hinterfozzl, um die Gläubigen unwirsch hereinzubitten und den „Störenfried“ zu verjagen. Worauf jene empört dessen Partei ergriffen, den Bischof verjagten und das **Männchen** an seiner statt baten, die Messe zu zelebrieren – wozu es sich verschmitzt lächelnd sogleich bereitfand.

Während der heiligen Wandlung **wandelte** es sich jedoch zum Entsetzen aller, und sie mussten feststellen, dass sie den **Teufel** vor sich hatten! In Panik wollten sie aus der Kirche flüchten, doch waren plötzlich sämtliche Ausgänge verschlossen.

Und draußen vor dem Portal delektierte sich der Bischof an den reichlich verbliebenen Pralinen, rief zufrieden: „Dank Dir, o Herr!“ und bekreuzigte sich voller Genugtuung.

DIE HEILSAME ISOLATION

So sehr sich auch Prof. Jeremias Wasserkropf von seiner Umwelt isolierte – es ***fehlte*** einiges zu seinem Glücke.

Schließlich ging er etwas weiter – und isolierte sich auch von sich s e l b s t.

Und dies erst brachte ihm das Heil.

DIE HEILSAME IRRITATION

In einem Zustande heilsamer Irritation befand sich Dottore Arturo Wasserkopf, als er nach seinem „geglückten“ Selbstmorde feststellte, dass er – wenn auch anderwärtig – ***weiterlebte***.

Um sich nun aber mit der ständigen Frage: „Was soll ich ***jetzt*** bloß tun?“ nicht in den nächsten „Freitod“ zu manövrieren, verfiel er in regelrechte ***Hyper***aktivität – indem er eine groß angelegte „empirisch fundierte Kampagne gegen den Suizid in all seinen Variationen“ ausrief.

Diese war zwar dort, wo er sich gerade aufhielt, nicht ***un***bedingt von großem Nutzen – doch immerhin: Der gute Wille zählte!

Fürs Erste mindestens ...

DIE LEICHE UND DIE BANDNUDEL

Die frühere Miss Camilla Rothengst hatte erhebliche Schwierigkeiten, eine alte Bandnudel zu zerkauen. „Verflixtes Ding!“, fluchte sie, „Du kannst mir ohnehin gestohlen bleiben!“

Und sie spie sie wieder aus und entschloss sich mit dem allergrößten Vergnügen, ihrer Gesundheit zuliebe einen weiteren Fasttag einzuschieben.

DAS WINDIGE GESCHÖPF ODER

TANTE DOROTHEE AUS ÜBERSEE

Ein windiges Geschöpf tauchte bei ahnungslosen Bürgern zum Abendbrote auf und gab sich als reiche Erbtante Dorothee aus Übersee aus. Nachdem es dann festlich getafelt hatte, behauptete es indigniert, sich an den Speisen den Magen verdorben zu haben und daher veranlasst zu sehen, seine „Verwandtschaft" wieder zu enterben – und zog weiter.

Und zwar so lange, bis es an seine eigene, **wirkliche** Tante, von der es gar nicht wusste, geraten war. Die hieß Galathee, stammte ***nicht*** aus Übersee und hatte herzlich wenig zu vererben – dafür aber umso mehr ***Appetit***.

Heimtückisch lud sie es gleichfalls zum Mahle – und verschlang es gierig, ohne sich auch nur im Geringsten mit einer **Zubereitung** aufgehalten zu haben!

DIE BEFREIUNG

Erregt griff Baron Anastasius Wildschweif ein letztes Mal nach seinem Terminkalender. Für 14.30 Uhr war seine öffentliche Hinrichtung angesetzt.

Feierlich gekleidet erschien er auf der Stätte. – Vor seinem Scheiden gab er dem Scharfrichter noch einen herzhaften Freudenkuss.

Nun endlich war er ***frei*** – und konnte seine neue Braut im Jenseits ehelichen.

Die er schon ***vorab*** dorthin entsandt hatte ...

DIE ZÄRTLICHE KREATUR

Eine zärtliche Kreatur schlich in des Pfarrers Haus
und gab sich als Gesandte der Jungfrau Maria aus.

Sie stieg sogleich zu ihm ins Bett –
er stöhnte nur: „***Gott***, ist die nett!"

Doch geriet er alsbald in schwerste Not und Bedrängnis,
denn sie begehrte von ihm eine unbefleckte Empfängnis.

Und da er hierzu nicht imstande war,
fraß sie ihn auf – mit Haut und Haar!

DER PAPST ALS TURTELTAUBE

Um seinen aufgestauten Liebeshunger wenigstens einmal im gröbsten zu stillen, ging Papst Mausinius der Zarte sogleich nach seinem Ableben eine Existenz als Turteltaube ein.

Von früh bis spät gab er sich nun in freier Natur ganz der Liebe hin – bis ihn ein gestrenger katholischer Geistlicher, der ihn voll sittlicher Entrüstung bei seinem frivolen Treiben beobachtete, mit einem Stück Kuchen anlockte und „im Namen des Gerechten“ vergiftete.

Und jetzt erkannte er so „nebenher“, ***wohin*** fehlgeleiteter Glaube geradewegs führt ...

DAS UNFRISIERTE GESCHÖPF ODER MODERNSTE KUNST

Ein unfrisiertes Geschöpf betrat eine Gemäldegalerie, die auf „Modernste Kunst" spezialisiert war, um sich an Stelle des ***über***fälligen Friseurbesuchs zur Abwechslung einmal ein hübsches Bild zu leisten.

Auf Grund seines Zustandes wurde es jedoch vom entdeckungswütigen Galeristen, Signor Muzio Wanderteufel, sogleich als exzellentes ***Modell*** erkannt – und unter Gewaltandrohung nicht eher fortgelassen, bis es vom eiligst herbeizitierten Hausmaler, Maestro Raffaèle Waldgott, in allen nur denkbaren Variationen und Positionen, von hinten und von vorn porträtiert und malträtiert worden war.

Seit seiner „Wiederfreilassung" geht das Geschöpf nur noch sorgfältigst frisiert auf die Straße – und hat sein Interesse an moderner Kunst leider vollständig verloren.

DIE SINGENDE LEICHE

Den ganzen Tag trällerte Miss Lilly Blabbel als Leiche vor sich hin und sang die schönsten Melodien.

„Früher konnte ich ***nie*** singen; jetzt erst weiß ich, wozu es gut ist, tot zu sein!“, erzählte sie jedem, der sich über ihr Glück freute.

DES LEICHTSINNS UNAUSWEICHLICHE FOLGE

In einem Anfalle **übermütigsten** Leichtsinns hatte sich Miss Barbarina Wildhirsch vor 90 Jahren zum **Leben** entschlossen.

Was sich nun, spät, doch ***un***ausweichlich rächte: Sie ***starb*** – als sie schon gar nicht mehr damit rechnete!

„So ein Leichtsinn passiert ***mir*** ganz sicher nicht wieder!“, schwor sie sich anschließend geläutert, „Jetzt ***bleibe*** ich, wo ich bin!“

DER LOHN DER SPORTLICHKEIT

„Man ***kann*** gar nicht fit genug sein!“, lautete das Credo des sportbegeisterten Lord Neptun Krautkopf, der noch als Leiche von früh bis spät Kniebeugen absolvierte.

Und tatsächlich blieb sein Lohn nicht aus: Selbst als Skelett hatte er eine untadelige, schlanke Figur!

yes
I want morebooks!

Buy your books fast and straightforward online - at one of world's fastest growing online book stores! Environmentally sound due to Print-on-Demand technologies.

Buy your books online at

www.morebooks.shop

Kaufen Sie Ihre Bücher schnell und unkompliziert online – auf einer der am schnellsten wachsenden Buchhandelsplattformen weltweit! Dank Print-On-Demand umwelt- und ressourcenschonend produzi ert.

Bücher schneller online kaufen

www.morebooks.shop

KS OmniScriptum Publishing
Brivibas gatve 197
LV-1039 Riga, Latvia
Telefax: +371 686 204 55

info@omniscriptum.com
www.omniscriptum.com

Printed by Books on Demand GmbH, Norderstedt / Germany